秋の序章
残照

佐藤幸
SATO Kou

文芸社

目次

秋の序章

台所の床にモップを走らせながら、今朝の京子はテーブルの上にある昨日届いた一枚の葉書に何回も目をやった。それはすっかり縁がないと思っていた父方の「いとこ会のお知らせ」である。妹の尚子にもきているはずだから、掃除を終わったら電話をしてみようと思っていた。

父は京子が五歳、尚子が生後五ヵ月の時に亡くなっている。山形の田舎出身の父は、東京生まれの東京育ちの母と結婚したのだが、八人兄妹ということだったから、かなりの人数のいとこ達がいるはずである。

京子のかすかな記憶の中にあるいとこ達は、父の死んだ後でしばらく暮らしたことのある山形の父の実家の伯父の子供達など五、六人だけである。それも三十年近く一度も会っていないのだから、逢いたいと切に思うこともない。

母が自分達を連れて野口と再婚してからは、お互いに何となく遠慮があり、なおさらに遠くなってしまっている父方との関係であった。夫の悠太は「行って見たらいいじゃないか」と気軽に言ってはくれたけれど、すぐに出席の返事をすることには躊躇があった。

「お姉ちゃん、どうする？」

かかってきた電話は尚子からで、やっぱりその言葉であった。京子の記憶にも薄いいとこ達との会なのだから、尚子が迷うのは当然のことであろう。

「そうね。あんたが行けるんだったら、私も行こうと思うんだけれど……」

「私はお父さんの顔も何も知らないけれど、いとこがいっぱいいるのは楽しいかななんて思ってるのよ。それにさ、山形に田舎があるなんて、ほんと幸せよ。どう？　お義兄さんは何ておっしゃってるの？」

「行ってみたらいいじゃないかって言うのよ。考えてみると、私達のお父さんは山形のお墓にご先祖様と一緒に入っているわけでしょ。ご法事なんかも、お母さんが野口に入ってからはみんなあちら任せにしてしまって、お墓参りにも行かないで過ごして来たんだから、こんな時にでも行って拝まないとお父さんもきっと寂しいでしょうね。子供なんだから、私達」

「あ、そうね。いけない私ね。お父さんの入っているお墓なんか、すっかり忘れていたわ。お母さんも野口のお父さんも身近にいたから、苗字が違っていてもお墓参りはしていたのにね。ホント、ホント。じゃ、行くことにしようよ。おねえちゃん。うちの子供達も、すっかり自分のことは自分でできる年だから、一泊くらいいつだってできる。それに温泉でっていうのが魅力じゃないの。切符なんかはまかせとうて。新幹線で仙台へ行って、仙山線で山形へ行ってってっていうのが早いんだから」

明るく応える妹の声を聞いているうちに、父の実家への忸怩たる思いが消えていくのを感じていた。

残された記憶が薄いとは言っても、父が亡くなった時、五歳だった京子にとって、母が時折話してくれた思い出の中の父を自分の胸に抱いていたのである。

母が再婚する時、十二歳になっていた京子は、それを大切に思っていた父に対する母の裏切りだと思ったものだった。反抗はしなかったが、あの時から母との間に心の距離ができたと感じていた。

父の記憶を全くもたない妹は、素直に、再婚する母の夫を苗字は違うけれども父として親しむことができたようである。

買い物に出たついでに、「出席します。楽しみにしています」と、丁寧に書いた返信葉書をポストに落として、カサッと音のするのを京子は確かめた。

京子と尚子の父である本田清生は、山形のかなり大きな地主の三男であった。旧制山形高等学校の学生時代に結核性と思われる肋膜炎になり、実家の離れで一年間療養をしたという前歴があった。学生時代、柔道をしていたということで体格はよかった。高校卒業後、東京大学農学部林学科に進んだ。実家が明治時代から大きな地主で林業関係の経営も手広くしていたので、清生が選んだのが林学科である。

その頃、彼の病気は寛解していて、普通の生活は病気を気に掛けずにできていたのである。しかし、記録されていた病歴で、いわゆる徴兵検査は不合格であった。卒業後は大学の教室に残って、静かに研究生活ができればいいということを思った本田の父は、世田谷の等々力に、本田の東京の家として、そこに清生が住めるようにしてあったのだ。

母の伸子の方は、東京育ちで物怖じしない明るい性格だった。戦後の混乱期の高等女学校を卒業後、知人の世話で、林学科の教室の秘書のようなことをしていたのであった。あの混乱の時期、九品仏と等々力。同じ世田谷区から大学へ通う二人が親しくなるのは自然の成り行きで、反対できるものは無かった。

昭和二十一年二月、戦争が終わったばかりの東京で京子は生まれた。毎日のような空襲、焼夷弾の投下で等々力の家も火災の被害を受けたが、清生と伸子の必死の消火で消失を免れることが出来た。伸子の母の手伝いをもらいながら、彼らはどうにか命をつなぐ程度の暮らしを続けていた。

食糧難、交通手段は最悪、農地解放、悪性インフレと続く社会不安で、以前のような山形の地主としての豊かな生活は失っていたが、時折、清生の兄の元生が少しばかりの米や卵、鯉などをすしづめの列車に乗って運んで来てくれて、彼らを幸せにした。

戦争にかりだされていた大学の研究室の助手達も何人かが引き揚げてきて、戦争中の遅れを取り戻そうとして、乏しい研究費を奪い合っていた。戦争に行かなかったという幸運で、清生はその混乱には巻き込まれなかったけれども、静かな学究生活とはほど遠かった。

そして学制改革が行われたのを機会に、清生は新制大学の助教授に推挙されることにはなったものの、給料だけでは妻と子を満たすには足りず、山形の実家の兄から幾ばくかの仕送りを受けたり、食糧の不足を補ってもらったりして、かろうじて混乱の東京生活を続けていた。

母はその頃のことをあまり苦しかったとは言わなかったと、京子は思い起こしていた。

妹の尚子が生まれる少し前に、父は結核を再発病して、微熱が続き、大学を休んで療養していた。あれは少し快方に向かったと思われる時だったのだろう。

等々力の小さな公園の公孫樹《いちょう》が眩しいくらいの黄葉だった。ブランコに乗ってはしゃぐ私の背中を押しながら、父が笑い、母も笑っていた。温かい父の手につかまって母と三人で帰ったあの道の明るい記憶。あれが私の父だった。あの公園は、今はどうなっているだろうか。あの時のようにブランコの上で子供が大きな声で笑っている。

京子は微笑した。

出席の葉書を入れたポストから家までの道筋に小さな公園があり、片隅が子供の遊び場になっていて、買い物帰りの若い母親が子供をブランコにのせていた。初秋の木漏れ日が差していて、揺れるブランコの上の子供と差し込んだ光が遊んでいるようにも見えた。この光景の中に、本当にかすかながら、京子に残されている記憶の父がいた。

＊＊＊＊＊＊＊＊＊＊＊＊＊＊

山形高等学校時代に一年半ほど実家の離れで療養したことがあって、徴兵検査が通らなかったのである清生だったことは解っていた。それが今まで寛解していたのだったらしい。外部からは異常が見られないが、内部にくすぶって隠れていた結核菌が動き出し喀血と言う事が発症したのだった。潜んでいた結核菌の勢いは思いがけぬほどの勢いで清生の身体、特に肺を襲い、喀血したのである。ペニシリンが発見され、肺切除などと言う外科手術が行われる時代になっていたが、清生の肺はもうその手術を受けられる程度ではなかったのである。当時は結核患者に対応する療法は、きれいな大気・安静・栄養であとは患者の体力をたのむだけと言う時代であった。清生は東京大学病院の結核隔離病棟に入院するということしかできなかったのだ。

伸子は二人目の子どもを身ごもっていた。幼い京子と、出産する伸子への伝染を怖れ、二人は伸子の実家に帰された。すぐ近くに実家があったことは幸いであった。そして、入院することになった清生の世話は、戦争未亡人となって山形の実家に帰っていた清生の姉のミサに任されることになった。

妹の尚子が生まれたのは清生の入院後、三ヵ月ほどしてからであった。重症の肺結核でもはや死を待つような身体になってしまった清生に、今となっては格別な治療も手当てもないのである。

冬に入ってから、時々襲ってくる激しい咳と、しばしばの喀血と、呼吸の苦しさからのがれようとして入院したので、清生もそれを自覚していた。

「その子には悪いが、俺はもうその子には会えないと思う。名前は尚子。高尚の尚。男だったら尚生にしようと決めていたんだが。どうかよろしく頼みます」

出産の知らせを伝えると、清生は元生にそう言って涙を流した。

大学病院の医師に、清生の中学、高校時代からの同期の友人である菅野がいた。同郷ということで元生とも親しい関係にあった。

　彼は元生に、清生の病状はいつ何時という予断の許されない状態であることを伝えていた。X線写真に写し出された清生の肺には、呼吸のできる部分がほとんどなくて、心臓が丈夫だということで命をつないでいるようなものだと言った。

　清生達の両親はすでに老齢で、当時の交通事情では上京することなどは不可能であり、元生とミサは病院に通いつめる毎日を続けていた。新しい薬があったら、高価でもいいから試してみてほしい。できる限りの手を尽くしてほしいと頼み込んではいたが、菅野は無言で頷くだけであった。

　出産後の回復を見て、伸子が面会に来たのは二月初旬であった。

「京子も尚子も元気か。お前にはすっかり苦労をかけてしまって申し訳ないと思っている。俺が死んだらお前の好きなように生きてくれ。兄さんにもそのように伝えておくから、遠慮しないで相談してくれな」

　時々苦しくなる呼吸を整えながら、ゆっくりと低い声で話す清生が痩せた手を伸子の方へ伸ばした。ベッドのそばに座って、その熱で温かくなった手をとってやりながら、伸子は声が出なかった。何を言っても無駄だということは目に見えていた。励ます言葉などは空虚でしかない。

「あんまりお話しすると、また咳がでてくるしくなってしまうわよ。私はここにいるから、ゆっくりお休みなさいな」

「今朝、夢を見たんだよ。山形へゆく汽車の中に俺はいた。お前は知らないだろうが、福島県との境の板谷峠を越えると山形はぐんぐん近くなる。汽車がゴトゴトと苦しんで登った峠を下る時、その音がはやくなって、軽くなる」

清生はゆっくりゆっくり、低い声で話を続けた。

「学生時代に帰省する時には、その音がヤマガタダ、ヤマガタダ……と、聞こえた。その音を聞いていた。夢の列車の中で……」

「故郷ですものね。いつか一緒に行ってその音を聞きたいわ。私も」

結婚した年に、伸子は山形を一度だけ訪ねたことがあった。ひどい交通事情の中だったので、清生の夢に見たような旅ではなかった。

願っても叶わない夢を見る清生があわれで、額の乱れた髪を撫でてやった。

清生はふっと笑ったようにみえたが、そのまま目をつむって、伸子の手を握りしめた。

病室の窓から見える桜の小さなつぼみはまだ固かった。清生が大量の喀血をして、息をひきとったのはあの窓辺の桜が少しだけ色づき始めた頃だった。

「心臓が丈夫でしたからここまで生きてこられたようなものですよ。肺は全くと言ってもよいほどに冒されていましたから、苦しかったことでしょう」

菅野は、清生の最期を看取り、解剖にも立ち合って、その様子を元生達に告げた。解剖を受けたその身体は清められて等々力の家に帰ってきた。

遺骨を抱いて山形に帰った時のことを、京子はかすかに記憶している。

午前中に上野駅から列車に乗ったが、急行というのは名ばかりで、板谷峠にかかる頃はもう日暮れに近かった。峠の駅でしばらく停車してあとは下りである。

「ヤマガタダ、ヤマガタダ、ヤマガタダ、ヤマガタダ」

初めての長旅で疲れて眠っていた京子は、母の小さな呟きに目を覚ました。母は胸に父の白い遺骨の箱を抱きしめて窓の外を見ていた。涙が幾筋も頬を伝っていた。

「お母さん、なーに？」

「ガタンゴトン、ヤマガタダ、ヤマガタダよ。お父さんと一緒にこの音を聞いているの」

「ガタンゴトン、ヤマガタダ、ヤマガタダ、ヤマガタダ」

京子も母と一緒になって列車の音に合わせて歌った。あの時母の胸の中で、遺骨の父も笑いながら歌っていたと思う。

清生は本田家先祖代々のお墓に納骨され、仏壇にその位牌は納められた。その後、一周忌までの一年ばかりを京子達は山形で暮らした。

東京とは違って食べるものには不自由しなかったし、元生の子供達は、小さな京子をすぐにいろいろな遊びの仲間にしてくれた。尚子は父親の顔を知らない子供として皆の同情をさそったが、健康でよちよち歩きができるほどに成長した。

しかし、まだ三十歳になったばかりの伸子の心には複雑なものがあった。等々力の家は、実家の方で世話をしていてくれているが、清生の亡くなった時のままにしてきたものがあり、いつかは整理をしなければと、もどかしく思われる。

実家の両親もできたら上京したらとすすめてきている。清生の両親や兄妹達も口には出さないけれども、それは心配の種であったことは否めなかった。

「伸子さん。清生は死ぬ前に私によろしく頼むと言ったけれど、一体私はどうしてあげたらいいのだろうか。あなたの心に染む方向で、できるだけの協力はしたいと思うのだが」

元生がこう切り出したのは、清生の一周忌の法要の後であった。法要のために東京から伸子の両親も来ている前であった。老いた元生の両親は、家の万端を今では元生に任せていたのである。

「子供達の将来という問題もあるから、じっくりと考えなければと思っていたので、今まで黙っていたのだが、伸子さんがよいと言うなら、子供達を私達が引き取って育ててもいいのだが……」

「いいえ、子供達は私が育てます。清生さんもそうしてほしいと思っているはずです。ただ、私はいつまでもここでお世話になっているのはいけないと思っていました。親達も東京に来たらどうかと言ってくれていますし、京子が東京の小学校に入学できるように、上京したいと思っていました」

「仲子はこの山形には友人もいないし、できるならば東京で私どもの近くで暮らさせたいのです」

遠慮がちに言う仲子の父親に向かって、元生は静かな言葉で応えた。

「生活費や、養育費もかかると思うけれど、清生を分家にすることになっていて、それなりの財産もわけてあり、等々力の家は清生のものとしてあるのだから、それを力にして、お父さんお母さんの近くで暮らすのもいいと思います。とにかく、あんなに身体の弱い清生に、本当によく尽くしてくれたのですから、仲子さんの気持ちに任せたいと、私は本当に思っているのです」

元生の言葉は静かで、仲子と両親は涙をこぼした。

「ありがとうございます。我が儘だと思ってなかなか言いにくかったのです。清生さんと一緒でしたら、ここで暮らしてゆくこともいいのですけれど、やはり東京に帰ることにさせていただきます。子供達は本田の子供としてしっかり育てますから、どうぞお許しください」

「許すも何も、伸子さんにはこれから長い人生がある。気に染むようにして生きていってほしいのです」

細々とした手続きを終わって、いよいよ伸子達が上京することになったのは三月の末になっていた。一緒に送って行こうかと言う元生の申し出を断って、尚子を負ぶい、小さなリュックサックを背負った京子の手を引いて、三人は列車の人となった。上野には実家佐久間の両親が迎えに来るという手はずになっていた。

「着いたら電報をうってくださいね。心配しているから……。身体にはくれぐれも気をつけてね」

元生の妻の民江は駅で、小さな京子の手を握ってぽろぽろと涙をこぼした。

朝早くに清生の墓参りをして、別れを告げてきた伸子は、小さな額に入れた清生の笑っている一枚の写真を大切に胸に抱いて、彼の生まれ育った故郷の風景をもう一度じっくりと目に収めた。

三月の山形はまだ雪が残っていて、木々の芽吹きの気配はまだほんのかすかであった。

一年前、清生の遺骨と一緒に来た時と同じように、ゆっくりと走る列車の車輪の響きは伸子の心をゆさぶった。板谷峠を越えた時、それまで、おとなしく窓の外を見ていた京子が不意に、

「ガタンゴトン、ヤマガタダ、ヤマガタダ、ヤマガタダ」

と呟き出した。それは清生との別れの歌のようだった。伸子は何も言わずに京子の呟きを聞いていた。

＊＊＊＊＊＊＊＊＊＊＊＊

京子を小学校に入学させた伸子は、復員の人々が仕事に就けないでいた頃なのだが、事情を知っている大学の教授に再び学内事務の仕事を世話してもらうことができ、佐久間の家に子供達を預けて仕事に出るようになった。

等々力の家と土地は住むにはかなり広かったので、復員してきた伸子の兄の稔が始める仕事に余分の土地を使ってもらうことにした。稔が土地を使わせてもらうお礼の

代わりに、京子達二人が存分に教育を受けられるような援助をするという約束である。

こうして、何事もなかったように、悲しみを少しずつ薄めて年月は過ぎていった。

清生の七回忌ということで、仲子達三人は山形へ行った。もう訪れることはないかもしれない清生の故郷であるが、清生との思い出はここにはない。桜はまだ固く小さいつぼみで、風は冷たく、遠い山並みは雪を被《かず》いでいた。

法要が終わって、来客が帰り、落ち着きを取り戻した仏間で、仲子は元生夫婦の前に座って切り出した。

「七回忌の法要も立派にしていただいてありがとうございました。私はこの法要をすませましたら、この本田の家から去らせていただくつもりで参りました」

「それはどういうことなのだろうか？」

元生は驚いて問い返した。

「実は再婚の話がありまして、それを受けようと決心したのです。こちらには何の断りもいたしませんでしたけれど、佐久間の両親と何度も話し合って決めたのです」

「それで？」

「私は佐久間の遠縁の野口という人の籍に入ることになります。戦争で妻子を失った十二歳年上の人です。でも、清生さんのことを忘れてしまうのではありませんし、相手の方も私と清生さんのことを充分知ってのうえのことです。それで、私がいつまでもこちらとの縁を続けているわけにはいかないと思うのです。どうかお許しください。子供達も一緒にと言われましたけれども、私は子供達は本田の名前で過ごさせると決めています。京子と尚子は私と清生さんの子供だからです」

最後の言葉をことさらに強く言いながら、伸子は涙がこぼれてくるのを抑えられなかった。「清生さんの優しさ、おだやかな笑顔。一緒に過ごした日々。決して忘れることはできない。私がはじめて愛したあの人……」と、胸の中で叫んでいたのである。

それを聞いてしばらく無言でいた元生は、静かな声で応えた。

「それはよかったと言わなければならないだろうな。伸子さんはまだわかいのだから、いつまでも縛っておくわけにはいかないだろうし、縁を切るということは心情的にはできないのだけれど、あなたの幸せのためなのだと思わなければなるまい」

伸子は堪えきれずに声をあげて、ハンカチに顔を埋めた。そばにいた民江も涙をこぼしていた。

「ありがとうございます」

嗚咽をこらえながら伸子は深くお辞儀をし、あの清生の写真を差し出した。

「この写真、大事にしてきたのですが、これをお願いいたします。私にはどうしていいかわかりません」

元生は大きく息をして、その写真を受け取り、幸せそうに微笑している清生の顔を撫でた。

「父や母はなんと言うかわからないが、私は隠さないで話してくれたことを嬉しいと思うよ。幸せになることを妨げてはいけない。清生のことは気にしなくともいい。清生は先祖からの墓にはいっているのだし、寂しいと思うこともないだろう。あの世でみんな賑やかに暮らしているさ」

それは元生自身に言い聞かせているような感じの声だった。

伸子は涙が止まらなかった。「私は決して清生さんと、この家族の人達の温かい愛情を忘れない。幸せになって安心させなければならないのだ」と、胸の中で繰り返し

繰り返し言いながら、うつむいて泣き続けた。

「お母さん、どうしたの」

外から入ってきた京子が怪訝そうな顔をした。尚子も不思議そうに伸子の顔をのぞきこんだ。

「何でもないの。今夜の汽車で東京へ帰るんだから、忘れ物のないようにご用意しなさいね。お遊びしたあとのお片付けをちゃんとするんですよ」

「さあ、こっちでお饅頭をあげるからいらっしゃい」

民江が二人を隣室へ連れていったあとで、元生は封筒を取り出して伸子に差し出した。「そんな話ならば、もっとお祝いをしなければならないのかもしれないが、今日はこれだけしか用意していなかったので、また後でということにする。縁を切るといっても、京子も尚子も私にとっては肉親なのだ。よろしく頼みます。何か困ることがあったら言ってよこしてもいいんだよ。そのつもりでいてほしい」

「申し訳ありません。ありがとうございます。本当にすみません」

伸子は何度も、何度も繰り返した。

清生の両親や他の兄妹達が、この話に驚き、伸子を非難するようなことを言った者もあったが、元生夫婦はその言葉を封じた。

＊＊＊＊＊＊＊＊＊＊＊＊＊

三十歳になったばかりの母だったので、一人の寂しさにはやはり耐えられなかったのだろう。もし、私があの状況にあったら、母のように気丈に行動できただろうか。京子は母のあの時の年齢をもうとうにこえている。

いつもはあまり気にもとめていないのに、夫が健康でいてくれるありがたさをつくづくと思うのである。冷蔵庫に貼り付けた一枚の「いとこ会のお知らせ」の葉書が、京子の心を過去へ回帰させていた。

あの時、山形から帰る時、母が目を真っ赤にして泣いていた。父の死んだ時よりも激しい泣き方だったように思う。

東京へ帰ってから、母があまり父のことを話さなくなった。秋になって野口と暮らすようになってからは、なおさら話題にしては悪いような気がして、京子は祖父母といる時も父の話題に触れることはしなくなった。小さい時から、「お前の性格はお父さんに似ている」とよく言われたものだが、それも言われなくなった。

本を読むのが好きで、口数が少なく、母を泣かせないように心がけて、よい子として過ごしてきた。野口の父は、とても優しくて分け隔てなく接してくれたのだが、かたくなな心をすっかり解くことはついになかったような気がする。

野口克雄は、佐久間の家の遠縁の者であり、満州から引き揚げてくる時に妻子を喪《うしな》っていた。帰国してから強度の栄養失調になり、戦災を免れた佐久間の家の離れで静養していたのだが、引き揚げの時のことを語ることはなかった。

伸子の兄が引き揚げて来て、伸子が本田からもらった等々力の土地の一部を使って印刷所を始める時、戦争中に工業技術者であった野口も一緒に仕事をすることになったのだった。

何もかもが不足している時代の小さな印刷所の設備を整えるためには、工業技術者であった彼らの技術が役に立ったのである。仕事は順調に推移して、伸子は大学の事務を退職して、兄の仕事を手伝うことになった。住居と一緒の仕事場だから、京子や尚子のためにも好都合だったのである。

父の記憶のない尚子は、野口によく懐き、野口もまた子供を喪っていたこともあって、京子と尚子に優しかった。運命とはそんなものなのだろう。戦後、心が弱っていた伸子の両親は、二人に結婚を考えるように言った。

たしかにそれが最良のことで、安心なことでもあった。二人ともお互いの過去を知りすぎるほどに知っている。お互いの傷をいたわり合うことができる。

しかし、伸子の心にはまだ本田清生が生きていたのである。野口の方にもおそらく同じ思いがあったに相違ない。二人はそのこだわりを解かなければならなかった。

清生の七回忌のあの日、元生にその辛い思いを汲んでもらい、励まし、力づけてもらったおかげで、伸子は新しい一歩をふみだすことができたのである。野口との暮らしは安穏であった。理由はともあれ、愛するものを死に由って喪ったという同じ過去をもつ二人である。触れられたくない、触れさせたくない心を抱いたもの同士の再婚なのである。互いにその思いを口にしないのがいたわりあいの心をあらわすものでもあった。

仲子は野口の籍に入ったが、京子と尚子には本田の姓をなのらせたままで、養子にもしなかったが、そのことについて野口は何も言わなかった。

「ねぇ、お母さん。どうしてお父さんとお母さんは野口なのに、私とおねえちゃんは本田なの？」

父親の顔を知り、その思い出をかすかながら抱き続けている京子には聞くことができなかったことを、無邪気な顔をして尚子が訊ねたことがあった。

「あんたがたのお父さんは、あんたの小さい時に亡くなったの。だからそうなのよ」

と、さりげなく母が答えているのを聞いていたにもかかわらず、野口はそばで新聞を読んでいて、何も言わなかったことを京子は覚えている。

あれから二十二年。その間に本田の両親も、佐久間の両親も亡くなった。本田からの死亡通知はいつものようにさりげなく京子にあてられていた。元生伯父夫婦もすっかり老人になって、今では息子の勝生が稼業を受けついでいると伝えてきていた。

京子と尚子の結婚が決まって知らせてやった時には、本田元生が仲子に今までの仲子の苦労と、野口の心遣いを感謝した丁重な手紙と一緒に過分なほどのお祝い金を送ってよこした。あの後、彼女達の生活に全く口を出すこともなく、単に深い関わりを持った知人という立場を保っている。その優しい心遣いに触れると、伸子はまた、清生との遠くなった思い出の日々に引き戻されるのだが、また、そんな彼女を包み込むようにおだやかに見ていてくれる野口をありがたいと思うのだった。

＊＊＊＊＊＊＊＊＊＊＊＊

五十九歳の伸子が脳出血で急死したのは、たまたま京子が小さな子供達を連れて、等々力の家に遊びに来ていた夏の日だった。

それまで、何の徴候もなかったし、不調を訴えることもなかったので、健康だと思っていたものだから、すっかり動転してしまったけれど、私がいた時でよかったと京子は思う。

その後のことは、佐久間の伯父と、従兄の勲が万事滞りなくすすめてくれたので、倒れた母の身の回りのことを、すぐに整えてやることができた。下着や、臥所《ふしど》の始末はやはり娘の私にしてもらいたかったのだろうと思っている。

弔いは事務をとるように順序よく進んでしまう。颱風が襲ってきて去ってゆくのに似ていた。ただ、忙しく日々が過ぎていったという記憶だけが残されて、季節は秋に移っていた。

母の衣類の入っている箪笥を、あの時初めて京子は開いてみたのだった。勿論、男の野口は開けてみることもなかったであろう。箪笥の引出しをひくと、紋付の着物や訪問着、帯などが、きちんと畳紙《たとうし》に包まれて納められていた。その下に見たことのない平らな手箱のようなものがあった。何が入っているのだろうかと思って取り出して開いてみると本田の家からの手紙の束であった。その下に丁寧に袱紗に包んだ写真があった。若い母と父が並んで笑っていた。

母が再婚するときに、すっかり整理して見ることがなくなっていた父の写真が、こんなところにひそめてあったのは驚きだった。

それと同時に、母の日々の心の奥から本田の父が離れていなかったことがわかったのである。残された野口の父はすでに古稀を過ぎていて、実務から引退して、たまに遊びに来る京子と尚子の子供達の成長を楽しみにしているだけの老人になっている。おだやかで、無口な野口はそんな母の心の奥を知っていただろうか。京子はこの写真を野口には見せられないと思った。それを見せるのは残酷というものだ。その写真と手紙の束を、京子は尚子にも見せないで自宅に持ち帰った。

野口は七十歳になった頃から、戦後の極度の栄養失調が原因だろうといわれていたのだが、体調をくずして休むことが多くなっていて、母よりも先に死ぬだろうと笑っていたのだが、気の毒なことになったと思う。

これを見せることは決してできない。それに尚子は自分の本当の父を知らず、野口の父に親しみ、愛されていたから、この写真を尚子に見せたら、母を何と思うか。それでは母の立つ瀬がないと思ったのである。

二年後の早春、野口も風邪をこじらせての肺炎で入院してから一週間ばかりで亡くなってしまった。

京子と尚子は伯父や従兄達の助言に従って、葬儀から納骨まで万事滞りなく執り行うことができた。今ではすっかり落ち着きを取り戻し平穏な日々を重ねて、それから六年の月日が経過していたのである。

＊＊＊＊＊＊＊＊＊＊＊＊＊＊

「あれ、出席の葉書出したわ。尚子が切符を手配してくれるって」

会社から帰って来た夫に言い、子供達にも二日ばかり留守にすることを告げた。

「わあ、いいな。山形はスキーで有名だから、今度遊びに行けるようになるかも……」

中学生の息子は言った。

「わたしも雪を見に行きたい……」

「そんな我が儘言えないわよ。私だって何しろ二十七年ぶりなのよ。それに私を知ってる伯父さん達はみんな老人になっていて、亡くなった方々も沢山いるのでしょうに……」

と応えながら、ふと屈託なく訪問しあえるようになったら嬉しいと思っている自分に気づいた。

「しょうがない暢気なやつらだな、お前たちは。しかし、お前にそんな故郷があるんだったら、俺も行ってみたいと思うよ」

と、ビールを飲みながら夫は笑った。


三日後の朝、尚子から電話があった。

「十月二十六日、朝八時二十分発。蔵王はきっと紅葉がきれいだろうって。ちょうど休日に当たるので、おねえちゃんを迎えに行ってから、東京駅まで送ってくれるって、武司が言うのよ。お土産を何か用意しなければと思うけど、どうする？　明後日デパートへ一緒に行ってきましょうよ。二人で用意したものでいいと思うんだけど」

「そうね。集まるのは家のほうじゃなくって蔵王温泉だって言うから、あまり嵩張らないものがいいでしょうね。とにかく久しぶりだから一緒にお昼をしましょうか。見せたいものもあるのよ。出かける前に……」

「何かしら、楽しみにしてるわ。じゃ。十一時に渋谷のハチ公口で待ってる」

「切符の精算もしたいからキチンと計算してきてね。割り勘よ」

「わかった、わかった。手数料はオマケする……ハハハ」

尚子の電話はいつも屈託なくて、京子の心を明るくしてくれる。

京子は今まで夫にも見せずに秘密のままにしているあの写真を、尚子に見せようと思っていたのである。尚子も三十歳を過ぎ、一人前の母親になっているし、野口の父も亡くなった今ならもう見せてもいいだろう。そしていろいろな話をしてやってもいいだろうし、これが機会だと思ったのである。

朝食の後片付けを終わって京子はあの文箱を客間のテーブルに持ち出し、たった一枚、若い父と母が仲良くよりそって笑っているあの写真を取り出した。

大切に保存していたつもりだったが、モノクロの写真が少しセピア色に変わっている。これで見ると、私は母に似ているし、尚子は父に似ていると思う。性格は多分私が父に似て、尚子が母に似ているのではないだろうか。

しばらく眺めてから、厚紙で台紙をつくり、きれいな半紙に包んだ。尚子は何と言うだろうか。

庭のサルビアとマリーゴールドが、少しだけ秋めいた日差しに輝いて見えた。

＊＊＊＊＊＊＊＊＊＊＊＊

お土産に海苔の詰め合わせと牛肉の缶詰を買って、昼食は少し奮発して懐石料理にした。

「武司やお義兄さんには申し訳ないけれど、女もたまには……ね。美味しかったわ」

「ゆっくりしたところでこれを見せたかったから、ここにしてよかった」

デザートの水菓子が運ばれてきて、満足した顔で喜ぶ尚子に、京子はあの写真の包みを取り出して広げた。

「これ、お母さんが亡くなった時に引き出しを整理したら、着物の下に隠されたような文箱があって、そこに大切にしまってあったのよ。若いお父さんとお母さん」

「そうなの。私の記憶には全くない人。でも、これが私達のお父さんなのね」

「野口のお父さんはとても優しくて、私達に本当によくしてくださった。でも、私の心の片隅で、本当のお父さんならば、こんな時どうしてくれたかしら、どう言ってくれたかしらなんて思うことがあったの」

「おねえちゃんには本当のお父さんの記憶があったんですものね。私の知らない世界が……。でも知らないことが私の幸せだったかもしれないわ。私は野口のお父さんしか知らないし、だから自然なかたちで無邪気に向き合うことができたんですものね。野口のお父さんを幸せな気分にしてあげることもできたんじゃないかしら」

「そうよね。私は性格的に本田のお父さんに似ていたようで、あんたみたいに無邪気にふるまうことができなかったから、野口のお父さんに少し遠慮させていたみたいで、いま思い出すと辛いわ」

何回も何回も写真の若い父と母の顔を眺めていた尚子が、顔を上げて言った。

「ねぇ。この写真をいとこ会にもっていきましょうよ。きっと本田のお父さんの方の叔母さんとか叔父さんと、お父さんをよく知っている人達が集まるんでしょ？　見せてやりたいわ。私達がこれを大事にしていると知ったら喜ぶでしょうよ。きっと」

「そうね。今日はお父さんとお母さんの若く、愛し合っていた頃の写真があって、その二人の子供が私達だっていうことを、一緒に確認しておこうと思ってもってきたんだけれど……。しまっておけるような小さな額縁をつけてやったらいいかななんて思って……。いとこ会にもってゆくのもいいわね」

「野口のお父さんには申し訳ないね。この写真をお母さんがひそかに大事にしていたということは、女の複雑な感情だわよね。悲しいけれど、お母さんも私達のために辛かったと思うわ」

「私もそう思う。野口のお父さんもそんなお母さんの心に気がつかないような鈍感な人ではなかったと思うし……。いい人よね。お母さんを本当の意味で大きく受け入れていてくださったと思うわ。この写真をみて私はつくづく思ったのよ。小さな子供を残して親は死んでは駄目っていうこと」

「そうよね」

神妙な声で尚子が応えたのに続けて、

「私ね。この写真のこと、うちの悠太にも言うことができないの。お母さんの心の中を暴いてしまうみたいで、あまりにも悲しい。これがあったのを話したのはあなただけよ。これからもしまっておくつもりなの。でも本田のいとこ達には話しておきたい。お母さんのためにもね。それに山形・蔵王はお父さんの故郷の山でしょ。それも久しぶりで見せてやりたい。故郷の紅葉の山だもの」

と京子が言うと、うっすらと涙を浮かべて尚子は頷いた。

＊＊＊＊＊＊＊＊＊＊＊＊＊＊＊

「行ってきまーす」

東京の駅前まで送ってくれた夫の武司に子供のようにはしゃいで手をふる尚子を笑いながら見て、京子も心の弾みを感じていた。

土曜日のその日は紅葉の季節に入っていたこともあり、東北へ向かう列車はかなりの混雑であった。団体客が幾組か、旗をもった添乗員とともに賑やかに乗り込んできた。

京子と尚子が連れ立って旅行に出るなどということは今まであっただろうか。鎌倉とか日光とかへは家族で出かけたこともあったが、泊まりがけの二人だけの旅は、多分初めてのことだと思う。

列車は福島から仙台へ向かい、なめらかな走行を続けていた。レールの継ぎ目がないから、昔のようにゴトン、ゴトンという響きは聞こえないと気がついて、京子は少し寂しいなと思った。

「ガタンゴトン、ヤマガタダ、ヤマガタダってお母さんは言ったのよ」

と京子は言った。

「なぁに、それ?」

「昔の列車は線路の継ぎ目のところで、ガタン、ゴトンって音がしたのよ。それがヤマガタダ、ヤマガタダと言っているんだって聞かせてくれたんだけれど、今ではそんな音はしないわね」

「へー、昔の人は牧歌的だったわね。お母さんがそんな人だとは知らなかった」

仙台で仙山線に乗り換える。急行とは言っても通り過ぎる駅の名前がはっきり読み取れるほどのスピードである。

京子はバッグの中から、あの後、尚子と一緒に買った小さな額に入れたあの写真を取り出して窓の外に向けて置いた。宮城と山形の県境の面白山トンネルを越えると山形の名所・立石寺が見えてくる。紅葉がはじまっていて松と切り立った岩山と紅葉の風景に二人は目を奪われた。東北に父の故郷があっても、初めての訪問なのである。

山形の駅に降りると、温泉旅館のバスが待っていて、そこから中年の男が降りて寄ってきた。

「京子ちゃんと尚子ちゃんじゃないですか。みんなあのバスで行くことになっていて、この列車で来るあなた方を待っていたんですよ」

「あ、あなたは勝生兄さんですか。あの時はお世話になって……。ご無沙汰をしていました。これが尚子」

と、挨拶をする。勝生は元生の長男で、十二歳の時に会った時の記憶にある面影があった。

その時、

「京子ちゃーん。尚子ちゃーん」

と、バスの窓から何人かが声を合わせて呼びかけているのに気がついた。あの写真の父によく似た顔の人々が二人の方に手を振って、笑っていたのである。

血のつながりという関係は二十七年という歳月の谷間をたちまちにして越えることができる強さをもった不思議なものであった。京子と尚子の側から見れば、会ったこともない人々であるのに……。

バスには二十人ほどの先客が乗っていた。乗り込むとみんなが拍手をして迎えてくれた。

「この人がミサ伯母さん。あんた方のお父さんの最期を看取った人。これがサチ叔母さん。あんた方のお父さんのすぐ下。そしてその子供・いとこの清志君。雅子さん。哲志君」

紹介してくれる勝生兄さんだけしか記憶にない京子と、全く何もわからない尚子には、つぎつぎと紹介される沢山の叔父・叔母そしていとこ達の名前は覚えきれるわけはなかったが、誰もが二人の父の思い出を持ち、母の思い出を持っていて、一言ずつ付け加えてはにこにこ笑いながら話をしてくれる。一人一人とお辞儀を交わしているうちに、次第に自分達もその中にとけ込んでゆく安らぎを感じていた。

紅葉のまっさかりである蔵王の山をぐるぐると回るようにして広いハイウエイが通っていた。曲がるたびに変わる景色を見て、みんなが同じように歓声をあげる。二人もその歓声をあげる仲間になっていた。

主催者の勝生が開会の挨拶をして、出席者六十人あまりものいとこ会が始まる頃には、二人は同じ思い出を共有する血のつながりをもったものとして、いとこ達にすっかり心を開いていた。

ハンドバッグから出して見せたあの写真は、ミサ伯母を泣かせ、サチ叔母を泣かせた。そして幼い頃の父のこと、母との結婚の経緯などを次々に聞かされて、笑ったり泣いたりした。二人とも自分達の知らない父と母が、ここでは生き生きと生きているのを感じていた。

次の日、勝生に連れられて、先祖代々の墓地にお参りした。大きな墓石に刻まれている父の戒名を二人は指でなぞって見た。

知らないでいたけれど、三年前に病気で相次いで亡くなったという伯父の元生と、民江夫婦の戒名の彫りはまだ新しかった。

今までこの墓地に一人で入っている父だと想像していたが、ここには沢山の親しい人達がいて、決して寂しがってはいないと思った。みんなの温かい手を握り合って、二人は帰京した。

二週間後、勝生から全員の記念写真が届いた。

「また会おうと約束をして別れたけれど、この写真を最後にして会えない人もいるだろう」

という短い手紙が添えられていた。京子は、父と母の記憶を持っている人々とこうして生きている間に会えたということに感動していた。同じ血の流れている心あたたかい人々が、こんなにいるのだと知った今は、もう寂しいなんて思わなくともいい。

東京にも遅い紅葉の季節が訪れていた。今夜は寒いからみんなで鍋でもかこむことにしようと買い物に出て見ると、いとこ会の返信を出した時にはまだ青かった公園の公孫樹の葉もすっかり黄色になっている。夕方になって、もう公園で遊ぶ子供もいなくなった。通り過ぎながらあの日、帰りの列車の中で尚子が言った言葉を思い出していた。

「野口のお父さんはかわいそうね。ひとりぼっちで……。私たちは血を引いた子供ではないんだし、こうして血縁の親しさを知ってしまうと、ますますそう思うわ」

「そうね。こうして沢山のいとこ達と話をしたら、死んだはずのお父さんが本当に身近に思えたんだから、不思議よね。こんなふうに話をしてくれる人が野口のお父さんにはないいと思うと……」

「お母さんとこれからいつまでも一緒にいられるのが救いよね。といっても、お墓の中での話だけれど……」

「お父さんは先祖代々のお墓の中で、きっと、あのいとこ会みたいににぎやかにしてると思うわ。お母さんはいなくとも大丈夫」

京子はいとこ会の記念写真を入れた額の裏に、あの若い頃の父と母の写真をひそかに重ねて入れて飾ってやろうと考えていた。

山茶花が一輪、玄関のそばに咲き始めていた。秋も終わりである。

残照

「ねぇ、すみちゃん。知ってる？　美世さんのこと！」

甘い声は菊子だ。受話器を伝わってくる声は獲物をとった猫が舌なめずりをしているような感じがする。

高校時代からの親しい友達だが、どこからか噂の種子を仕入れてくる。自分と正反対の性格を持っているような菊子。親しいながらもうとましく思う時もあるけれど、何の屈託もないような彼女の話を聞くと、ほっとすることもある。しかし、今日のすみ子はちょっと身構えて答えていた。

「何のこと？　ご病気のことなら、入院していらっしゃるから知ってるわよ」

「あら、でもあなた今たしか、産婦人科病棟いるって言ってたでしょ？」

「そりゃ、今ちょっと、監督……。私は婦長という立派な役付きなんですからね」

「フーン。そうなの。それじゃみんなわかっているのね。何にも話してくれないから、知らないのかと思った」

「お気の毒さま、この間の日曜日、平田先生が美世を入院させるから、よろしくってわざわざいらっしゃったけど、私は職業柄、守秘義務っていうのがあるのよ。誰かさ

ん と違って……」

「そりゃね。私とは違う立場っていうのはわかるわよ。でも、すみちゃん。あの頃のあんたのこと。そりゃ、なんにもなかった関係だったことは知ってるけど、私だって想像はつくわよ。家族ぐるみの仲良しだったものね。でも、久しぶりの再会は大丈夫だった？　平田先生はすいぶん変わられたでしょ？　再会がこれじゃ、すみちゃんは辛いわよね」

菊子が電話してきたのは、それを言いたかったのだと、すみ子は気づいていた。

「バカねぇ。いろんなことがあったけど、私だってもうあの頃の私じゃない。四十五歳よもう……。あなただっていい加減にして、私の心配より、娘の躾を考えなさいよ。私みたいになっちゃうわよ」

「わかった。わかった。そのうち様子を見に行くわよ。元気そうで安心した。じゃね」

受話器を置いたすみ子は、ふっと大きなため息をついた。そして、菊子に指摘されたような沈んだ気持ちがないと言い切れるだろうかと自問していた。

窓の外はすっかりの秋の深まりを見せて、薄暗くなっている。病棟記録を見終わったすみ子は、更衣室で帰り支度をしながら小さい声で『枯葉』のメロディをふっと口ずさんだ。

あれは春の終わりだった。あの時、さよならと言って、握り合った手をほどいて、あの人は去った。私もきっぱりと思いを捨てたつもりだったのに、思い出される。あの時聴いたイヴ・モンタンの『枯葉』。先達てまた二人で向き合って聴いた。

セ　デュヌ　シャンソン　キ　ヌ　ルゾンブル
トゥワ　デュ　メメ　ェ　ジュ　テメ

フランス語の甘いモンタンの声。フランス語など知らないのに、なぜかこれはフランス語で覚えていて、意味も知らずに小さく口ずさんでいた。

勤務明けの看護婦が、更衣室に入ってきて、

「婦長は寂しい歌がうまいですね。『枯葉』ですか」

と言った。

「秋はメランコリーになるわね。私でも……」

すみ子は笑いながら応えて部屋を出た。街はしきりに枯れ葉が散っていた。

＊＊＊＊＊＊＊＊＊＊＊＊

五人兄妹の末っ子の川井すみ子は、長兄の尚人と十五も年が離れていた。

尚人は横手高校で国語の教師をしており、平田恒夫は彼の大学の後輩で、同じ高校の物象（理科）教師だった。平田の実家は勤務地の横手から列車で一時間半ばかりかかる土崎にあり、下宿生活をしていたので、すみ子の家にちょくちょく来ては、夕食に加わっていくという関係だった。横手高校の校長を務めていた川井すみ子の父は、定年後は横手市の教育委員長をしているが、本庄の高等学校に赴任して勤めた期間が長く、当時、平田の父親が本庄の高校の教頭だった。その関係で付き合いが深く、平田の息子の恒夫が物象の教員として横手高校に勤めることになったということで、すみ子の父は恒夫を、まるで、自分の息子のように扱っていた。

すみ子の母は近所の娘さん達に裁縫を教えている。すみ子の姉二人はすでに嫁ぎ、もう一人の兄は結婚して湯沢の地方事務所に勤めている公務員である。だから、今は父母とすみ子と長兄尚人とその妻である兄嫁と、三つになるその息子の満が一緒という平穏な家庭である。

みんな平田を家族同然に親しく待遇した。城南女子高校の三年生で、仙台の高等看護学校を受験すると決めていたすみ子は、時折、平田から数学や理科の指導を受けていて、もう一人のお兄さんという感じの付き合いで、一緒にいるのが楽しかった。十歳も年上ということもあって、平田をすみ子の結婚や恋愛の対象などとは、家族の誰もが思っていなかった。

あれは夏休みも終わりに近い一日、長兄夫婦が三歳になる息子の満とすみ子を連れて、買ったばかりの小型乗用車で「抱返り《だきがえ》」という名勝へピクニックに出かけようとしていた。当時、自家用車でドライブなどというのはまだ珍しく、大変な贅沢のように思われて、うきうきしていた。そこへ平田が訪ねてきたので、これに同乗した。

「抱返り」は美しい渓谷で知られたこの地方の名勝で、横手から安全運転で一時間半ばかりかけて着いた。季節は、夏休みの終わり頃だから、紅葉にはまだ早いけれど、子供連れの家族達が水遊びにきていた。あちこちで水を掛け合ったり、水をせき止めたりして遊んでいる。そこを見下ろすようになっている、林にかこまれたところに、抱返神社という小さな社があり、社の前には郷土の歴史や、文人の記録などを記した石碑がいくつも建っている。

長兄夫婦とすみ子、平田の四人は碑文を読んで、大人の会話をするのだが、退屈している満にせかされて、日陰を選んで弁当を開いた。野外での食事は珍しいので大騒ぎする満を相手にしてすみ子もはしゃいだ。

兄の尚人はまた、国語の教師らしくここを題材とした郷土の文人の話などをしていた。だが満が退屈してうるさいので、満を連れて川原に下りるという長兄夫婦を残して、平田とすみ子は谷にかかった長い赤いつり橋を渡って、対岸の崖に沿って造られている道を、深い谷川を見ながらさかのぼって、「回顧《みかえり》の瀧」まで散歩することにした。

「この川の水は玉川の毒水を含んでいて、微粒子の硫化物がコロイド状に溶解しているために、エメラルドグリーンだよ」

　平田はここでも教師のような口調で説明した。たしかに、ところどころ小さな淵をなして澱みながら流れる谷底の川は異様なまでの蒼さで、きりたった崖の下の淵には小さく細かい波が揺れて、夏の日差しを照り返していた。

　細い川沿いの道は続いていて、ピクニックをしているのは彼らだけではないので、時折細い道をすれ違いながら、「こんにちは」と声を掛け合う。二人並んで歩くのがすみ子にはとても楽しく、晴れやかでうきうきした気分であった。その気分にうかれて、

「何だか恋人みたいな感じがするね」

　と、ふざけた調子で言ってみると、

「うん、そうだね。それもいいじゃないか」

　と、平田は真顔で嬉しそうに言った。

　回顧の瀧にたどり着くまでには二つのトンネルがある。一つ目は短く、二つ目は少し曲がっていて暗く長い。二つ目のトンネルの中で、すみ子は平田の腕にすがった。

「怖いわ、向こうが見えない」

平田はすがったすみ子の腕をギュッとつかまえて、

「大丈夫、もうすぐだ」

と、言った。とたんにぽっかりとトンネルの向こう側が明るく見えた。すみ子は手をはなして足音を響かせて走り出した。

トンネルを出ると、目前に白い水泡をたぎらせて、回顧の瀧が落ちているのが見えた。苔むした岩の間を麻糸のようによじれながら、しぶきをあげている。水は小さな橋の下を潜りぬけて、谷底の川へと流れこんでいた。橋の上に立つと、ちょうど瀧を仰ぐ位置になっていて、二人は並んでしばらく瀧を見上げて立った。

「もう少しそばに行ってみましょうよ」

ごつごつと張り出している苔の青くついた石を渡って、二人はしぶきがかかるほどに瀧に近づいて行った。

「すずしいわ」

と、振り返ったとたんに、すみ子は足をすべらせてよろめいた。

「あぶない」

大声をあげて平田がすみ子の腕をつかんで、引き寄せるようにして支えた。

「あぁ、こわかった」

支えられた腕をあずける形になったまま、道の方へ戻ってくると、平田は、

「もう、帰ろう。兄さん達が心配しているよ」

とぶっきらぼうな調子で言い、先に立って歩き出した。まだ早いのにと思いながら、平田のあとに続いて、またあのトンネルに入る。

来る時と違ってトンネルの長さがわかっているので不安感はないのだけれど、平田と手をつないだ。

「ワーッ、ワーッ」

と声をあげると、狭いトンネルの空間に反響した音が、二人をとりまいた。そんな子供っぽいすみ子の手をぐっと力をこめて平田は引き寄せて、抱きしめるような形になった。

すみ子は平田の手をふりほどいて走り出した。頭の中に火花が飛び散ったような驚

きであった。家族のような親しい関係から、すてきなお兄さん、甘えを許してくれる存在だと思っていた人。一緒にいると楽しく、安心していられる。我が儘を聞いてくれる人。それがこうして一人の男性として、目の前に立ちはだかってきたのである。

トンネルから走って飛び出したすみ子を平田は追いかけなかった。何事もなかったように兄達のところへ戻って振り返ると、平田は笑いながら手を振っていた。

夏休みの後も、何も変わったことは起こらなかった。平田は相変わらず訪ねてきてすみ子の勉強を見てくれた。もう一度、あんなふうになったら、こうしよう、ああ言おうなどと、平田を恋人として認識し始めたすみ子の思いをよそに、平田は淡々としてあの日のことなど、何もなかったような態度だった。

そしてすみ子は仙台の高等看護学校に合格した。同時に平田は四月の教員異動で本荘高校へ行くことになった。二人の送別会を兼ねて、川井家で夕食会を開いたのは出発の前日のことであった。

久しぶりの賑やかさの中で、明日からの寂しさをみんなは少し忘れていた。平田も二人の兄達と酒を酌み交わし楽しそうだった。

七時近くなって、川向こうの自分の下宿まで帰る平田は礼を言って立った。それに続いてすみ子も、

「私、平田先生をお送りするわ。その辺まで……。いいでしょ?」

と言って立ち上がると、父と母と長兄夫婦がふと顔を見合わせた。

「いいですよ。すみちゃん。もう遅いし……」

と言う平田より先に、サンダルを履いてすみ子は土間に立っていた。

「いいでしょ。コーヒー一杯くらい。明日は二人とも別れ別れの門出なんだもの……」

冗談のようにすみ子は言った。困ったような顔をした長兄が、父の顔をうかがいながら、

「早く帰れよ」

と、強い調子で言った。

「平田先生にご迷惑はかけません。リンデンでコーヒーを一杯おごってもらうだけよ」

と、言い捨てて外に出ると、三月の終わりの夜空はぼんやりと霞んでいた。

＊＊＊＊＊＊＊＊＊＊＊＊＊＊＊

田舎の町の小さな音楽喫茶「リンデン」は客がほとんどいなかった。奥の方に二人は向き合って座り、コーヒーを注文する。店内にはシャンソンの『枯葉』が流れていた。

「ああ、これで二人はお別れだね」

「ほんとに、名残惜しいですね。もうこれでしばらくお逢いすることはないでしょ。楽しかったし、大変お世話になりました」

「やっぱり、すみちゃんの卒業まで待てばよかったような気がするよ」

と、平田は運ばれてきたコーヒーをかき混ぜながら、妙なことを言った。

「え？」

と聞き返すと、平田は思いがけないことをぽつりぽつりと話し出した。

「多分、すみちゃんのご両親は何もすみちゃんに話していないことだろうと思うけれど……」という前置きで話し始めたことは、すみ子を呆然とさせることだった。

あの抱返りへのピクニックの後で、平田はすみ子の両親に、すみ子と結婚の約束をさせてほしいと申し込んだこと。すみ子の両親は驚き、十八歳ではまだ若いうえに、平田が十歳も年上ではとても相応しくないと言って、はっきりと断られたこと。そして、その頃、教頭の娘の榊美世との縁談をすみ子の両親から話をされており、どうしてもはっきりしておかねばならなかったこと。すみ子の家族の了解のうえで、結婚はあきらめても、不自然でない形で以前と同じように訪ねてきて付き合ってほしいと言われていたこと。そして、美世とは九月に結婚することに決まったこと。今となっては聞かされても術のないことばかりだったが、もし、両親から一言でも平田の申し出のことを聞かされていたら、彼女の人生は変わっていたかもしれないと思われる平田からの告白だった。

すみ子は唇をかみしめてうつむいた。どうして私に直接話してくれなかったのですか、どうして今頃話すのですかと、平田に聞きただしてみたかった。そして、もしかして、平田は「先生が望むなら、今でも先生のところへ行きたい」というすみ子の返事を希望しているのではないだろうかと考えていた。

すみ子は平田に愛されていたという甘美な感覚が身を熱くすると同時に、この告白に応えることはできないとも思っていた。両親、兄姉、それにもう結婚の約束をしたという榊美世のことを思うと、愛を感じるだけの夢のような非現実な世界では生きていけないという世間の常識を納得して受け入れたのだった。

そうは思っても、榊美世と結婚すると聞けば、灼けつくような妬ましさが胸に渦巻くのを感じていた。

悲劇のヒロイン！　すみ子は今自分がそんな立場に置かれているのだと思った。平田を愛しているのならば、彼が最も幸せになる生き方をさせてあげなければならない。悲しくてもいい。それが美しい本当の愛のあり方なのだなどと自分に言い聞かせた。あまりにも幼く感傷的な行為なのだが、そう思いこむことで自分を慰めようとした。

「美世さんだったら、私も知っている人。あの人は先生に、私なんかよりも数段相応しい方じゃないかしら。きっとあの方だったら、先生を大切にして、幸福にしてくれると思うわ。もう少し早く生まれていたら、どんなことをしても先生のところへ行ったと思うけれど、お父さんもお母さんも、兄さん達も許さないくらいに私は若すぎるんですものね。でも、先生、私を忘れないで！　先生のこと、私はいつまでも忘れない」

すみ子はまっすぐ平田を見ながら、言葉を句切りながら話している自分が自分でないような気がしていた。

「ああ、すみちゃんも僕のことを思っていてくれたんだね、嬉しいよ。でもこんなふうになって、僕たちはもうお別れなんだけれど、僕もすみちゃんのことをいつまでも心で思っているよ。それしかないね。仕方のないことだ」

何という非現実的な甘い時間を二人は過ごしたのだろうか。若い二人はのろのろと冷たくなったコーヒーを飲み終わって店を出ると、春の靄はいよいよ深く、街灯の明かりを滲ませていた。

店の前で二人はどちらからともなく手を伸ばして握手をした。そして思いを振り切るように手を離すと、反対方向に向かって歩き出した。互いの足音が次第に遠ざかっていく。耐えられなくなって振り向くと、平田の背中が街灯のぼんやりとした光の奥に消えていった。すみ子は額に垂れた髪を掻き上げると家の方に向かって走り出していた。

この告白を聞かなかった前の心にはもう戻ることはできない。そして報われることのない恋がこの夜から始まったということを思い知らされるようになったのである。

家に帰ったすみ子は部屋にこもって泣いた。両親も長兄も何も言わなかったし、聞かなかったが、すみ子がなぜ泣くかということはわかっていたと思われる。次の朝、仙台に発たねばならないということが、傷心を少しはやわらげたかもしれない。

時が悲しみを癒やすだろうと、家族の誰もが思っていた様子で、その後もすみ子の前で、平田のことを話題とすることはなかった。しかし、この夜の平田との語らいが、その後のすみ子の心を強く縛ることになると想像するものはいなかった。

卒業式を終えて、仙台へ発つすみ子。離任式を終えて去る平田。二人は何もなかったようにふるまって、別れの時を迎えたつもりだったが……。菊子達同級生はみんな、揶揄の種にしたのだったが、あれから時は過ぎた。

＊＊＊＊＊＊＊＊＊＊＊＊＊＊＊

仙台の東北大学附属高等看護学校を卒業したすみ子は、そのまま東北大学病院に勤務した後、秋田県立中央病院に赴任してきていた。秋田大学に医学部が設置されたのだが、附属病院が大学のそばに設置されるまで、この県立中央病院が、大学医学部の附属病院として使われていた頃である。

県立中央病院は秋田の佐竹氏の居城である久保田城址で、今は千秋公園として整備されているところにあった。病院からは、春夏秋冬の移ろう季節の風情が見える。すみ子は病院の職員寮の一部屋をもらって若い看護婦たちのお目付役みたいなことを任されていた。老人になった両親が長兄夫婦と一緒に過ごしている横手にも、時折様子を見に行けるし、田舎町ではあるけれど満足な毎日で、楽しく過ごしていた。

それに、あの菊子が秋田の老舗のお茶屋さんに嫁いできていて、時折、いろいろなニュースをもって訪ねてきてくれるのも楽しみだった。

今日も菊子が、三歳になった娘を抱いてすみ子の寮を訪ねてきた。幸せそうな菊子の口調はすみ子をほっとさせる。でも今日は少し声のトーンが違った。

「ねぇ。すみちゃん。この間、平田先生と会ったわよ、デパートで……。美世さんと、小学生の子供と三人で買い物していたわ。にこにこしていて、もうあの頃の先生みたいじゃなかった……。幸福そうだった。お邪魔してはいけないと思って声をかけずにそっと帰ってきたわ」

「幸福そうだった？　よかったわね。そんな話を思い出させないでよ。幸せそうでよかったじゃないの」

「やっぱりね。すみちゃんは彼を好きだったんだものね。でも消息がわかってよかったでしょ」

あれからもう九年経っている。女学生が悲劇のヒロインになったみたいな思いがしたあの夜を、忘れることはないけれども、歳月は流れていた。

「やめてよ。私、幸せなのは当然でしょ。幸せそうでなければ、気にかかっちゃうけれど……」

と、冗談めかして言ったが、動揺していることは菊子にもわかった。

「そうよね。私達みんな陰で、すみちゃんはきっと平田先生と結婚することになるなんて言っていたんだから。ちょうど卒業ですみちゃんは仙台に行っちゃったので、その噂は立ち消えになってしまった……」

「いいのよ。あの時、私が美世さんと結婚することを喜んだんだもの。それに仲人が私の父親達だったし……ロメオとジュリエットの悲劇だとあんたがたは思ったの？」

菊子はうなずいた。

「ううん。それだけじゃないのよ。私、美世さんと結婚なさって幸福になってくださいなんて言ったんだから……」

「あら、そうだったの？　知らなかったわ」

「変な勘繰りはおやめくださいよ」

菊子が帰ってから、すみ子は自分が情けなかった。あの時、きっぱりとけじめをつけたつもりなのに、美世さんと幸せになってくださいと言ったはずなのに、自分の本心では恨めしく、平田が不幸であってほしいと思っていたのだろうか。「幸せそうだったわよ」と聞けば、なぜか口惜しく揺れる思いがわく。今も私を愛しているはずだ、と思っているのだろうか。ばかばかしい話だと思っている自分がいた。

歳月は容赦なく過ぎた。

すみ子は老いた両親を嘆かせながら、結婚しないままに四十五歳になっていた。仕事の面では充実していたし、不満はない。きちんとした性格で、明るいすみ子は同僚からは勿論、医局の医師達の信頼も厚く、後輩からも頼られていて、何の問題もなかった。

けれど、結婚の相手となるとそう簡単なことではないのは当然で、幾度か紹介されて、是非にという人もあって付き合ったこともあったけれど、いざとなるとあの夜の平田の真面目な顔が思い出され、彼女の心の中で理想の男性になってしまっているのが、平田ということになってしまっていた。こんなことでは、すみ子にとっての結婚は、現実離れした話なのである。

そんな思いのまま結婚したのでは相手に申し訳ないでしょうと言うすみ子に、菊子は笑って言った。

「不器用なすみちゃんだね。そんなことを思っているなんて……。私なんかそんな純情はないし、結婚だって親に選んでもらったみたいなものよ。適当だからって選ばれたわけ。親に選んでもらった旦那さんだって、一緒に暮らして安定した暮らしをしていると、幸せを感じるのよ」

「それじゃまるで、心より先に生活みたいね。娼婦のようなものじゃないの」

「そりゃ、平田先生との初恋が大事だとは思うけれど、世の中にそんな純情は通じないよ。不器用だわね」

と、言って菊子は笑った。二人の子供を育て中年肥りを気にしだしている彼女は、以前にもましておしゃべりになっていた。

あの時、両親も何もかも捨てて平田のところに行けたかというと、それはできない話である。当然のように今を生きていることに満足していかなければならない。菊子に言わせると「仕方がないけれど、あの頃の純情に報復されている」のが今の自分だということもわかっている。

両親はもうすみ子の結婚はあきらめているらしく、話題にしなくなった。すみ子はすみ子で、これが私の生き方をしているという自負があった。時折、菊子の無駄話を聞き、旦那の悪口を言うのを慰めたりして聞いてやるのが刺激になっていて、不思議な生きがいを感じているすみ子になっていた。

それでも新聞で教員の異動の記事が出ると、気にしないと思っても、やはり一番に探しているのが平田の名前だった。去年の春の異動で今は秋田県の名門進学校である大館芳名高校の校長となっているということがわかっていた。もうじき定年なので、大館芳名高校の校長で終わるのだろうか。きっと定年後は県の教育委員会に移籍して、最後まで教育界についていく人なのであろう。

雪国の秋は短い。十月に入ったかと思うとたちまち紅葉が始まる。千秋公園の木々は葉を落とし始めた。そんなある日の夕方、すみ子は病院勤務を終わって公園を抜けて街へ出ようとしていた。

夏には花が美しかった蓮も終わって暗い色をした水の色を悲しみながら、お堀の橋を渡って石垣の迫っている道を曲がろうとした時、「すみちゃん。すみちゃんだろう」という声がする。振り向くと平田が立っていた。あれから会うこともなく三十年近くになっている。平田はすっかり白髪交じりになっていたが、スッキリした体形は昔のままだった。

「あ、先生。こんなところでお目にかかるなんて……。本当に何年ぶりでしょう。お変わりなくて……。私はすっかり変わってしまったけれど……」

何を言っているのかわからないほどにドギマギしている自分がおかしかった。お互いの変わり様を確かめ合うように視線は交錯した。

「すみちゃんは変わらないね。僕はすっかり疲れてしまった。がっかりしただろう」

「あら、そんなこと。私なんか一人ものだから、変わらないって言われてもそんなに嬉しくないんですよ。でも先生はお髪が白くなられて……。びっくりしました」

「年をとったのはお互い様だね。ぴちぴちしていたねぇ。あの頃は。ハハハハハ」

乾いた笑い声だった。

「ほんとにね」

「すみちゃんはどうして結婚しなかったの」

「失恋の痛手が治らなかったからよ。先生との……」

と、冗談めかして笑いながら言った。

「うん。ほんとにそうなら僕ももう少し待っていればよかったかな」

「あら、美世さんに悪いことを言って……」

「冗談。冗談」

平田は笑っているけれど、その笑いにはなぜか陰りを感じた。

「どうかなさったんですか」

「何でもないよ。ただ、僕がすみちゃんを結婚させなかったみたいだなと思ったんだ」

「そんなことはないですよ。いろいろ縁談があったんですけど、一人でいるのが私の性にあっているみたいで。勝手にしているのが好きなんですよ、私は」

公園を出たところの美術館の前に、人にあまり知られていない喫茶店がある。他に客のいないその喫茶店の窓際の席に二人は座った。

「横手のリンデンはまだあのままだろうか」

「この頃は私もあまり行きませんからわからないですよ。横手もすっかり変わってしまったみたいですよ。何しろあれから三十年近く経ったんですからね」

白いカップのコーヒーが運ばれてきた。コーヒーの匂いには秋がある、とふとすみ子は思った。こうして、昔の恋を思い出しながら飲むにはコーヒーが似合っている。

他に客がいないこの店では、ママがカウンターの陰で編み物をしていた。多分、イヴ・モンタンのシャンソンと思われる優しく、甘い憂いにみちた歌声が店内に流れていた。

「モンタンの『枯葉』だわ。秋のシャンソンは『枯葉』が一番ね。寂しいけれど……」

「もう、すっかり秋だね」

「ええ、すべてが懐かしい季節」

すみ子はテーブルに両肘をついて目をつむって耳を傾けた。秋がくると歌われるこの歌を口ずさみ、そのたびに平田の面影を浮かべていたのである。今、平田と二人で聴いている。二人で聴いても、『枯葉』はやはり寂しい曲だった。モンタンはリフレインを呟くように歌っていた。

平田は疲れた顔で椅子に深く腰をかけて目を閉じていたが、しばらくして目をあけてコーヒーカップを静かに口に持っていった。この人は何かを話そうとしている、とすみ子は確信した。そして、その言葉を待って平田の顔を見つめた。

「実はね。今度、美世を県立病院に入院させることになったんだ。すみちゃんがいるっていうのがわかってたから、一度事情を話しておこうと思って、病院から出てくるのを、実は待っていたのさ。辛いことを話すのは嫌なものだね」

「美世さん。どうなさったんですか」

すみ子は美世の病気が思わしくないものであることが、平田の表情から読み取れたが、職業意識が働いて、冷静と思えるほどの声で訊ねた。

「異動で僕が大館に行ったのは二年前、今度は校長職だったから、あれこれと忙しくてね。そのうえ、子供も就職だとか結婚だとかが重なってね。疲れた、疲れたとばかり言っていたのに、僕は気にもとめなかった」

一息、深く息をして、平田は思いきったように言った。

「胃癌でね。手術はしたんだけれど、肝転移があってね。いまは黄疸がでてきているんだ」

「まぁ」

すみ子は息をのんだ。肝転移、黄疸、それは明らかに死への過程を進んでいる状態であることは明らかであった。

平田は窓の外をボンヤリと眺めていた。そして、呟くように続けた。

「大館で入院をすすめられたんだけれど、秋田にはあれの姉もいるし、僕の実家もあるから、それに……」

「美世さんは知っているのですか」

「いや、癌の話はしていないけれど、あれも馬鹿じゃないから、おそらく死ぬ時のことを考えているんだろう。実家も近いし、秋田で死ねるように取りはからってくれと言うんだよ。手術のあとで、少し気分が落ち着いて、家の中で朗らかにして見せてはいるんだけれど、それが何とも辛くてね」

すみ子は黙って頷いた。さっき、平田と逢った時になぜか弾んだ心を恥じていた。

浅はかさが情けなかった。平田がもし、心の片隅ででも私を思っていてくれたとしたら、今はおそらく悔いているだろう。そして、美世に対して慚愧の念を抱いているはずだと思った。

人の死は絶対のものであり、比べられるものは何もない。不意にこみ上げて来た涙がテーブルのうえにポタポタとこぼれ落ちた。すみ子はそれをまるで自分が流した涙ではないように見つめていた。

＊＊＊＊＊＊＊＊＊＊＊＊＊＊

十日ばかりして、美世が入院してきた。内科病棟三一六号室。個室である。窓からは千秋公園が見える。平田から連絡を受けて、すみ子は夜になってから様子を見に行くと、美世は窓のそばに座って、外を眺めていた。

「あら、起きていて大丈夫ですか」

と言いながら、入っていくと、振り向いて微笑する美世には、すみ子の知っている若い頃の面影は見いだせなかった。

「千秋公園の木々も夜は暗いばかりね。平田が秋田にいた頃はよく散歩したものだったけれど……。年月の経つのは早いわね。すみ子さんには本当にお世話になるけれど、よろしくお願いします」

静かに立ち上がって、ベッドに横たわる美世を手伝いながら、黒く長い髪をきっちりと三つ編みにして頭の上の方でまとめていて、いつも清潔な印象だった若い頃の美世を重ねて思えば心が痛んだ。

「ねえ、すみ子さん。死ぬ時が来たら、私、乱れないで死ねるかしら」

枕にのせた顔をすみ子の方に向けて、不意に美世が言った。その言葉は刃のようであった。そして、表情の少しの動きも見逃すまいとするように、まっすぐすみ子の顔を見つめていた。

「あら、どうして……。死ぬことを考えるのは早すぎるんじゃないの」

職業的に慣らされているポーカーフェイスを少しゆるめて、すみ子は笑って見せた。

「そうね。もう少し生きたいわ」

「そうよ。早くよくならなければ……。疲れたでしょうから、今日はもうおやすみくださいね。ベッドが変わって眠れないようでしたら、お薬差し上げますから……」

「大丈夫。眠れないのが嬉しい時もあるのよ。この頃の私には……」

「でも、眠らないと疲れますから、いつでも言ってくださいね」

ドアを閉めて廊下に出たすみ子は、少時息を整えるために立っていた。

美世はたしかに死を自覚していた。それが来るのはあまり遠いことではない。


美世が入院して二十日くらいした頃の日曜日、病棟へ菊子が訪ねてきた。ナースステーションの隣の小部屋でインスタントコーヒーを淹れて、向かい合って座るとすみ子は言った。

「何の御用？　今日は日曜日でご主人様はご在宅じゃないの？」

「ううん。それがご出張。子供達はそれぞれお勝手におでかけ……。私も一息つきに出てきたっていうわけよ。何とかの居ぬ間の命の洗濯っていうわけ」

「あら、いつも洗濯はしているんでしょ？」

菊子はすみ子の表情をうかがいながら言った。

「ホントはね、私、すみちゃんの様子を見に来たの。今日は美世さんのところへ平田先生が見えているんでしょ？　すみちゃんは辛いわね」

「何が辛いのよ！」

強い調子で言い返しはしたけれど、菊子に自分の心の中をのぞき込まれているようで、すみ子は怯んだ。

「美世さんが健康なら、平田先生をもう一度奪っちゃってもいいでしょ。でも死ぬっていうことがわかっている人から奪うわけにいかないものね」

「何を言うの、菊ちゃんは！　そんなことを言いに来たの。ひどいわよ！　呆れても う口もきけない。帰ってちょうだい！」

そう言うだろうことを予想していたように、菊子は表情を変えずに椅子にもたれていた。

「帰れと言うなら帰るけれど、すみちゃん聞いてね。私にはみんなわかるのよ。うちの主人がそうだもの。心が私に向いていないのって悲しいわよ。そんな悲しみの中で美世さんを死なせられない……。うちの人もたしかに私にも子供達にも優しいし、いい人よ。でもその裏に私の知ることのできない何かがあるの……。私が病気で死ぬようにでもなれば、多分平田先生のようになるわ。平田先生はいま悔いているわよ。心の中で美世さんとすみちゃんをきっと比べていたでしょうから……」

すみ子は言葉を失っていた。立ち上がって菊子に背を向けて、水道の蛇口を一杯にひねって手を洗った。心の中で自分が思っていたことを、菊子がくやしいほどに見透かしたように言ったのだ。その反面、わかってくれる人がいると思うやすらぎのような感情もあった。

「すみちゃん。いま平田先生の心はすっかり美世さんのものになっているわよ。私だって悲しみはわかるわよ。わかっていて知らないふりをする女の生き方を、あんたは気がつかないだろうけれど、そうやって今は自分に納得させているんだから……」

と言いながら、菊子がそっと立ち上がり、部屋を出て行くのをすみ子は背中で感じていた。

＊＊＊＊＊＊＊＊＊＊＊＊＊＊＊＊

十一月も半ばになっていた。千秋公園の裸木を風が渡って音を立てていた。遠くの山々は、雪を含んだ鉛色の雲に覆われている寒い木曜日の午後に、美世の娘の千紗がすみ子を訪ねてきた。

「母がどうしても、川井婦長さんと二人きりでお話をしたいと言うんです。お忙しいからって言ったんですけれど……」

「あら、何かしら。いいですよ。今いきますから……」

「ええ、お願いいたします。御用は何なのって聞いても話してくれないんです」

美世に似て、きりっとした眉の千紗は、四月に結婚したばかりで、まだ初々しい。ちょうど、引き継ぎを終わって一段落していたすみ子は一緒にナースステーションを出た。千紗は涙ぐんでいる。

「いよいよ、駄目みたいです。父も私達もあきらめたくはないんですけれど、母の方がすっかり死ぬ覚悟を決めているんですよ。怖いくらいで、本当に辛いんです」

「皆さん、本当に辛いわね」

すみ子にはもはや他に言うべき言葉はなかった。

果物を買いに行くと言う千紗と別れて、美世の部屋に向かう。死に近い人と会う心には、長く看護婦をしてきた彼女であっても、準備が要った。ましてそれが、平田の妻である。病室の前で立ち止まり、呼吸を深くして、息を整えてからドアをノックした。

美世はあうたびに状態が悪くなっている。当然のことであるが、なおさら痛々しい。痩せて黄色くなった皮膚がひきつるように見える首をそっと回して、すみ子を見て頬笑むような顔をした。

「ごめんなさい。およびたてして……」

「いいのよ。何か御用がおありだっていたんだけれど、私でできることならさせていただくから、何でもおっしゃってね」

ベッドサイドの小椅子に座り、顔の見えるような位置をとったすみ子に、美世は小さな包みを差し出した。

「これ、あなたに使っていただこうと思って……」

「あら、何かしら?」

「時計。平田が選んできたのよ。あなたのために……お礼です」

「そんなことをされては困ります。とてもそんなものはいただけませんわ。私は内科でもないし、特別なことはなにもしていないんですもの……」

「ううん。そういうことのお礼ではないのよ。私から差し上げたかったの。どうしても叶えていただきたいお願いがあるから」

「お願いなんか、何もいただかなくても、できることなら、できる限りのことをさせていただくわよ。昔からのお付き合いですもの」

美世はすみ子が受け取らない時計の包みを、枕のそばに置いて、しばらく目をつぶった。そして静かに話し出した。

「あなたはまだ若くて美しい。羨ましいわ。私は平田を愛したけれど、平田は私をどう思っていたかしら」

「あら、どうして？　心配なさってお痩せになられたくらいじゃないの。羨ましいのは美世さん達の方よ。よくなって差し上げなければ、先生に悪いわよ。よくなるっていう意志を強く持ってくださいな」

すみ子はいつも思う。今まで何人の人にこのようなわかりきった嘘を言ってきただろうか。そして、これからも言い続けなければならないのだろうかと……。

死ぬことをはっきりと自覚しているような美世にさえ、「もう駄目なのだから、安らかに死になさい」などと言えるわけがない。

そして、奇跡が起きるかもしれない、起こってほしいと祈るのだ。人の最期に立ち会うものの悲しみに耐えながら、いつもすみ子は智恵の限りを尽くして嘘を言い続ける。

「ありがとう。ほんとにそう言ってくださって嬉しいけれど、私にはよくわかっているのよ。もう私には時間がないということが……。だから、あなたに私は時計を差し上げたいのよ。平田にはいろいろお世話になったからのお礼だと言って買ってきてもらったの。でも私の本当のお願いというのは……」

美世は口ごもってから続けた。

「平田は知らないのよ。私が死んでも私から平田をとらないでほしいということ。あなたにだけはとられたくないのよ。ごめんなさいね」

すみ子はするどい刃物で胸を刺されたような思いで絶句し、顔から血の引くのを感じた。美世は目を閉じたままで続けた。

「あなたは平田とはずっと逢っていなかったと思うけれど、私が病気になるまでは、あの人の心の奥にはいつもあなたがあったのよ。あの頃、あなたと平田とは本当に親しかったし、それにあなたは誰とも結婚しなかった」

「何をおっしゃるの。先生と私には何もなかったし、何もないわ。ただ兄の友達だったということで甘えていただけなのよ」

「いいえ、それは表面だけのこと。あなたがどう思っていたかは知らないけれど、平田は少なくともあなたを心の奥にすまわせていたことだけはたしかなのよ。こうして、病気になった、一刻一刻、死に近づいてくると、身体が透き通るように軽く、儚くなって、頭の中も透明になって、生きている時間が輝いてくるのよ。そして、みんなの心が悲しいほどに見えてくるのよ。ほんとに。結婚した頃、あの人は夢であなたの名を何度か呼んだわ。夢の中だから確かめようもないし、あの人は私がそれを聞いたとも知らないでしょう。私、責めたりしたことはないけれど、忘れられないこの寂しさ、あなたにわかる?」

すみ子は骨と皮ばかりのようになった美世の手をしっかりと握った。

「だから、私が死んでも私から平田をとらないでね。病気になって死ぬっていうことがわかった時、ようやくあの人の心を全部私のものにすることができたような気がするの。平田はあなたを思いながら、私と過ごしたことを今では悔いていると思うわ。かわいそう……」

「あなたが死ななければいいんじゃないの。しっかりしてくださいな。変なことを言わないで……」

美世はすみ子の手を弱く握りかえして薄く笑った。

「ええ、それができれば一番だけど、駄目だっていうことがよくわかっているのよ。せめて美しく、潔く、あの人に心から愛されて、惜しまれて死にたいのよ。そんな私に協力していただきたいの。お願いよ。すみ子さん。だから、この時計もらってちょうだいな。私との約束の証しに……。ね」

すみ子は看護婦という冷静であるべき職業にありながら、耐えきれなくなって声をあげて泣いた。美世の手を握っている手の甲にポタポタと涙がしたたった。

美世は静かに手を伸ばしてさっきの時計の包みを取り上げて、枕のそばの小さなバッグから取り出した花模様の薄いハンカチと一緒にすみ子に渡した。

「本当に辛いことを話してしまったわ。私ね、あなたにこのことを言わないままでは死なれないと思っていたのよ。いよいよ死が近くなってきたみたいだから、今日はすっかり話してほっとしたわ。安心した。ごめんなさいね」

二人のうえにしーんとした時間が流れた。美世は深い息をしてまた目をつぶった。涙が乾くまで、すみ子は黙って美世の手を握っていた。

千紗が帰ってきたので、すみ子は何事もなかったように、職業的な話をしてナースステーションに帰った。

それから十五日後、入院してから四十五日目に、美世は昏睡状態のまま静かに息をひきとった。意識が朦朧としてからも、美世は平田に向かって、「私を忘れないでください」と言ったことを、千紗はすみ子に話して泣いた。事情を知っているすみ子にとって千紗が受け取る以上にそれは重い言葉だった。

勤務の都合をつけて告別式に参列したすみ子は、憔悴した平田の精一杯の挨拶を聞いた。

「美世は生前、皆様には大変お世話になりました。ありがとうございました。このたびの病気が助からないものだということを、口には出しませんでしたが、死んでしまったあとを見ると、家の中のことは私が困らないように、きちんと整理し、いろいろと書き残してありました。死の覚悟をして、一人で苦しんだのでしょうが、私には何もしてやることができませんでした」

平田は天井を仰ぐようにして、声をつまらせた。参列者の誰もが息をつめて、彼を見つめていた。

「美世はよくつとめてくれました。現在の私があるのは、すべて美世のおかげです。

いま私はどうしてこれからの人生を過ごしてゆこうかと、本当に当惑しています。どうか皆様。私のために、そして子供達のために、美世の思い出をいつまでも心の中に置いてやってください。本当にありがとうございました」

一語、一語、ふりしぼるような挨拶が終わると、あちこちですすり泣く音がした。祭壇に飾られている写真は、千紗の結婚式の時に撮ったものだという。その優しく微笑する美世の顔が涙で歪んで見えるのを悲しみながら、すみ子は自分の心の葬りをしているような気がしていた。

あの時、美世はずっと私の影を平田の中に見ながらも変わらずに彼を愛し続けてきたと言ったけれど、これからは平田が美世を心の最も深いところに抱き続けてゆくことになるのだろう。そんな平田はもうすみ子のものではなかった。彼の存在が自分が生きてきたことに何の関わりもないとは言い切れないけれど、美世のような無償の愛を彼に捧げ得ないことを感じていた。

そして、自分が彼を愛していたと思うのは悲しい錯覚で、愛されていたいという願望と、いつも愛してくれているとひそかに信じる甘美な自愛でしかなかったことに、はっきりと気づかされていたのである。

五人兄妹の末っ子で、幼い時から愛されていることに馴れてしまい、愛されているのが当然のようにして、結局は寂しい生き方をしてきたということを、すみ子は美世によって初めて知ったのだ。

会葬の人々に深く頭を下げて礼を言う平田は、痛々しく見えた。すみ子は三十年前に「先生は美世さんと結婚なさった方が幸福になれます」と、言ったことを思い出していた。

たしかに妻に先立たれるという現実の不幸には遭遇したけれど、美世の大きな愛を受けて、その思い出とともにこれからは生きてゆくだろう彼を決して不幸とは言えないと思った。

すみ子は何の余念もなく、心から彼の今後の平安を祈っていた。葬りを終わって出た寺の庭は、今朝から降り出していた雪に白く覆われていた。

すみ子はコートの襟を立てて、うつむいて歩き出した。疲れていた。まだ九時なのに、もう何をする気力もない。寮にもどるとブランデーを取り出して、少し飲んでべッドに入ったのだが、かえって目が冴えるような気がしていた。電話のベルが鳴っている。ガウンを羽織ってのろのろと立ち上がり受話器を取ると、菊子の声だった。

「すみちゃん。大変だったわね」

「うん。まあね。これですっかり終わって、少しは大人になったわ。私も……」

気を許して、疲れたような返事をすれば、

「しっかりしてよ。あなたにはあなたを頼りにしている患者さん達がいるのよ。ゆっくりお休みなさい。じゃあね」

いつもは長々とつまらないことを話し続ける菊子が、たったそれだけで終わったことで、すみ子は、多分菊子は今の自分の何もかも、うちひしがれた哀れささえもわかっているのだろうと思った。それにしてももう彼と会うことはないだろう。

会ったとしても昔の私ではない。私は四十五歳、彼は五十七歳、年齢を考えてふっと苦笑した。何と長い間、自愛のラブロマンに囚われてきたことか。

ブランデーをもう少し……。グラスに注いでその琥珀色を目の高さに掲げてみた。

机のスタンドのそばに、あの時計がケースに入ったままで置かれてあった。すみ子はそっと呟いた。

「乾杯！」

ブランデーはじいんと胸にしみた。

雪はまだ降り続いているらしい。

すみ子は受話器を置いてふっと大きなため息をついた。そして、菊子に指摘されたような沈んだ気持ちがないと言い切れるだろうかと自問していた。ふと口ずさんでいるのは、イヴ・モンタンの『枯葉』のメロディーだった。

あの喫茶店で平田と聴いた曲である。あの時の平田の表情が思い出される。秋はメランコリックになってしまう。もういいのにと独りごちると、かつて記した詩を呟いた。

別れ告げたあの日から、秋はふかまり、
虚ろなわが胸に散り積む落ち葉。

＊＊＊＊＊＊＊＊＊＊＊＊＊＊＊

妻の美世を亡くしてから，五ヵ月経った。陳腐な言い方だけれど、あっという間だったような気がする。私には仕事があるから、いつまでも綿々として妻の思い出に浸っているわけにはいかない。周囲の人々は私を憐みの眼差しで労わってくれるが、その人達の思うほどに生活の面で不自由しているわけではないのだ。実際、美世が死んだ時には、女々しい話だが、これからどう生活してゆくのだろうかと嘆きばかりが先に立ったのに、不思議なもので、三ヵ月経つと、妻の居ない生活が軌道にのったような気がする。

美世に任せきりにしていた家事や交際なども細々と書きとめてくれていたことに感謝している。定年退職まではまだ何年かあるので、やらなければならないことはきちんと片付けなければならない。

娘の千紗は一週間に一度ほどやってきて、美世にそっくりの世話の焼き方で、洋服の世話をし、身の回りを見てくれるし、通いの家政婦が掃除に来てくれて、外回りもきれいにしてくれるし、食事も不自由がない。

ただ一つだけ、以前の生活と変わった習慣となったのは、毎朝、仏壇に線香をたくことだ。千紗はそんな私を悲しいと言って、いつもべそをかくけれど、美世のためにそれくらいのことをしなければならないひけ目が私にあるのだとは知らないだろう。ひけ目と私が思っているのは、死んでゆく美世のために何もしてやれなかっただけでなく、美世が死ぬ病気にかかるまで、私は心の中で若い頃の思い出を独りで楽しんでいたことである。実際に美世に対してやましいことはしていないのだが、心の中に不倫があったような気がするのである。

あの日はいつもより気分がよさそうに見えた美世が、ベッドを少し起こしていた。抗癌剤で、ほとんど抜け落ちた髪をスカーフで覆って、醜くなっていく姿を私に見られるのが悲しいと繰り返し言っていた。

「ねえ、私。川井のすみ子さんにすっかりお世話になっているんですよ。あなたが来ない時には、必ず様子を見に来てくださって……」

「うん。そうか、よかったな」

「あの人がとても羨ましい。若々しくて、明るくて、元気で……。私にないものがみんなあの人にある」

「我が儘なんじゃないのか？　あの人は結婚もしないで、ご両親を嘆かせているよ」

「我が儘もできて羨ましい……。それでね、お礼をしたいと思うんだけど………。私の時間の続きを見てもらいたいから、時計をあげたいと思うけれどどうかしら？」

「そうだな。お前の時間の続きなどと言うのは嫌だけれど、時計は適当だろう」

「あまり安っぽいのではないのを選んできてくださいな」

　ということで、昔の教え子が勤めている時計店に出かけた。店員はお世辞のつもりだろう。「奥様のですか」と聞いた。

「いや、うちのやつに頼まれたので、そんなに高級でなくてもいいんだが、安心できる機能で、家内と同じ年頃の人が使うんだ」

　と、答えるといくつか出して並べて見せてくれた。

「ちょっとお洒落で実用的です」と、店員に勧められた時計を買って、包み紙とリボンを結ばないで添えてもらった。

私は美世の続きの時間など考えたくもないのだが、真剣な顔で言う美世に時計を渡した。

「ありがとう。あなたが選んできたのだと聞けば、すみ子さんはきっと喜ぶわよ」

「気に入るといいけどな」

と、いうことで話は終わった。

「見立ての悪いのを俺のせいにするのか」

と言うと、美世はフフフと笑った。

美世は私のことをみんな知っていたのかもしれない。いや、きっと知っていた。そうでなければあの微笑みの謎は解けない。

私は美世との時間の続きなどを、すみ子に与えるつもりは全くない。美世のたっての希望だからと思って、すみ子への時計を買いにいったにすぎないが、その時の気持ちを今、説明しようとしても難しい。何しろ、すみ子は美世と結婚する前に、結婚を考えていた恋の相手なのだから……。そして、幸いにというか、最期を迎える美世を入院させた病院の看護婦長（科は違うけれど）なのだ。

「私、先生のことを決して忘れません。誓います」

とまっすぐに私の顔を見つめて、すみ子が言った夜。思い出せば恥ずかしくなる。「僕も、すみちゃんのことをいつまでも思っているだろう。そのことを忘れないでほしい」などと言ってしまった。よくもあんな恥ずかしい言葉を言えたものだ。私も若かった。

すみ子と別れなければならなかったのは、残念だったのだが、美世との結婚は、世間的に見て大成功だったと言えるだろう。美世は本当によく私につとめてくれた。教頭の娘なので、私の教務についての理解があった。少々頭の上がらない岳父を持ったということも言えるが、多分すみ子には求められない献身を受けることができたと感謝している。美世が健康だった頃は、何ということだろう。私は時折、すみ子のことを心の片隅に置いていたような気がする。バカな話だと思うが、美世はそんな私を見抜いていたのかもしれない。美世がこんな病気にならなければ、私はそれを楽しんでいたかもしれない。それは単なる夢。美世の存在が最も私にとって大事なのだということを、今頃になって気が付くなんて、私は何という馬鹿な男だったのか。

美世をあの病院に転院させると決まった日、すみ子と二十五年ぶりに逢って、喫茶店に入った。美世の末期を彼女に看てもらうための挨拶のつもりだった。すみ子は二十五年経っているにもかかわらず、生き生きとして見えた。私は彼女を今ではほとんど遠い存在として見ていることに気がついた。何しろ、今の私の最も大切な美世を失う日が近いのだから……。病み衰えた美世。私を心から信頼し続けてきた美世なのである。その美世を失う日が近いのだ。私の我が儘を許して、精一杯つとめてくれた美世。すみ子のような激しさはなく、静かに私を見ていてくれた。私は今までその優しさを傲慢にも当然として過ごしてきていたように思われた。死んでゆく、喪ってしまう時になって、それに気が付いたのだった。

美世は私と結婚して幸福そうに見えた。いや、たしかに幸福だと思っていたと私は思うのだがどうだったろう。幸せそうに見えたと思っているが……。「死ぬ」と自覚した美世を、私はどう受け止めればいいのかわからなかった。子供が二人生まれ、順調な経過をたどっているように世間からは見られるであろう幸せな夫婦であったと思える。

慰めにすぎないけれど、心から私は美世に奇跡が起きることを願った。人間的に尊敬できる榊教頭の娘。きちんとした躾を受けていて、優しい人だと聞かされていた。あの川井家のお母さんに裁縫を習いに来てもいた。川井家の人々は、すみ子とのことが成立しなかった経緯も知っていたのである。そのうえで美世との結婚を強く勧められて断る理由はなかった。曖昧な気分だったのだろうか。まぁ、今思い出してみても、自分のいい加減さを恥ずかしく思う。そうなったからには、美世とよい家庭を持とうと思ったのだった。

二人の子供に恵まれ、傍目からは本当に理想的ないい家庭だったかもしれない。しかし、新婚の頃、美世が言った「私を愛してくれていますか」という言葉に、すぐに応えられずに狼狽えた自分を思い出すのだ。「愛している」なんていう言葉は、私のように戦中教育を受けたものは口にできない柔弱な言葉だった。美世は言ってもらいたかったのだろう。あの時は「当たり前だろう」と突き放した私だったけれど、すみ子には弾みだとはいっても、あんな言葉を言ったことがあった。美世には本当に悪いことをした。

それにしても、あの美世を入院させるからよろしくとすみ子に頼んだ時、どうしてあんなに激しくすみ子は泣いたのだろう。結婚しないで四十五歳になってしまった彼女に、私が負い目をいつまでも感じていなければならないとは思わない。あの時はすみ子も納得して賛成してくれたと思ったのに……。看護婦という職業ならば、病気の現実を知っているはずで、あんなに泣くとは思わなかった。もしかして、憐れんだのだろうか……。

今日は土曜日。午後に千紗が来てくれるそうだ。教頭に事情を話して、少し早く帰宅した。

「お帰りなさい。今日はちょっと話したいことがあって……」

「なんだ。大事なことか?」

「うん。少しね」

と、言って、千紗はハンドバッグから小さなものを取り出した。

「ほら、これ。お父さん知ってるでしょ? 川井婦長さんにお母さんがお礼だと言って差し上げた時計。死ぬちょっと前に。婦長さんが思い出すとあまりに悲しいから、私に使ってほしいと言って、電話がかかってきて、昨日いただいてきたのよ」

「なんだお前、秋田にいってきたのか？」

私は驚いて言った。まさしく千紗が手にしているのはあの時、美世に頼まれて買ってきた時計だった。包み紙がきれいに畳まれて一緒に添えられていた。

「それでね。あの病院。今度大学病院になるから新築移転が進んでいて、来年には取り壊されるんだって……」

「そうらしいな」

「それで、取り壊される前に、あの病室を見に来ませんかって、言ってくださったの。お母さんが毎日眺めていたあの公園。まだ桜は芽吹いていなかった。それに川井婦長さんも、大学病院になる機会に退職なさって、仙台の方の老人養護施設にゆかれるんですってよ。もう若くないし老後を考えてね、なんて言って笑っていた。若く見えるけれど、定年後を考える年なんだね。あの人……。時計、いただいてきたんだけど、お父さんが選んで差し上げたのでしょ？　お母さんが出られるはずがないもの。それにしては意外にセンスがあるわね。川井婦長さんにピッタリ似合いそう……」

「うん。お父さんにだっていいところもあるさ。お母さんを選んだのも、良い選択だったと思っている」

と、笑って見せた。

「そうね。死んじゃったのはわるいけれど……」

美世は私と結婚して幸せそうに見えた。しっかりと私を支えてくれた私も幸せだった。だが、愛しているかと聞かれた時に、即座に愛していると応えられたかどうかはわからない。肝臓癌が発見されて治癒の見込みがないと聞かされた時、私は「死なないでくれ。お前がいなければ、どうしていいかわからない。治ってくれ」と切に願った。

あの夕方。眠っているように見えたので、そばの椅子にもたれて、重々しく暮れてゆく公園を見ていた。するまいと思っていたのだが、大きなため息をしてしまった。

眠っていたと思っていた美世が、

「私を愛してくれていますか。こんなに醜くなった私を……」

と言った。

私は言葉が出なかった。

「お前がいないとどうしていいかわからないくらいに……」

「愛している」という言葉は出なかった。それ以上の思いをどう表現していいのだろうか。

「今日はこれで、列車で帰る。この次は恵一さんと一緒に泊めてもらうからね。久しぶりに熱燗でゆっくり一杯と行きましょうか」

千紗はあの時計を腕にはめようとしていた。

「いいわね。私にもよく似合うでしょ……」

と、言って私の顔を覗きこんだ。

「もらいっぱなしでは悪いよ」

と、私は言った。

「お礼くらいしなければ駄目じゃないのか」

「そうよね。仙台に行かれるということだし、送別会と感謝の会をしたらどうかしら。

秋田で集まれば、肇も参加できるし……。お父さんも……」

息子の肇は秋田大学の大学院を卒業して研修中なのである。

「うんそうだな。仙台に行ってしまう前に、私も一度お礼を言わなければならないだろう。ご都合を聞いてみたらいいな。昔から知っている人だし……。しかし、時計のお礼を私に押し付けるということになるように思えるぞ」

と言うと、千沙は肩をすくめて「ありがとうございます」と言って笑った。

「七月までこちらだと言っていたから、送別会をすることにしましょう。随分我が儘を言わせていただいたから……」

「うん。そうだな。昔から知っている人だから」と言いながら、美世と結婚する前、三十年近くも前の話だが、横手のすみ子の家で、自分の転勤とすみ子の看護学校への進学で、送別会をしてもらったことを思い出していた。明るく活発なすみ子は、愚直な私にはまぶしかった。いつか結婚するようになればと思ってすみ子のご両親に話したが、それが叶わなかったことで、美世と結婚することになったのだけれど、それは私にとって、実際は最もよかったことだったと思い起こされる。あの夜のことは気恥ずかしい。

二週間経って千紗が来た。観桜会が始まって秋田は賑やかからしいなどと思っていたが、あのすみ子の送別会のことはどうなったかと気にしていた私だった。

「お父さん。あれから川井婦長さんとしばらく連絡が取れなかったのよ。十日ばかり前にご実家のご両親、すっかりお年寄りだったそうだけれど、相次いでお亡くなりになって、大変だったそうなの」

「ああ、そうか。私も存じ上げている。立派なお方だった。そのうちお悔やみ申し上げなければならないかな。それでは送別会は仕方がないいな」

と、言いながら、心の片隅で少しだけ残念に思っているのに気が付いていた。変な話である。

夕方になって、婿の恵一が車でやってきて、「今日は一局お手合わせいただきます。少しはつよくなったと思います」などと言って、私の無聊を慰めてくれる。心の中で美世だったら、こんな時どんなふうにして見ていたかなぁなどと思わないでもないけれど、久しぶりに笑って夜を過ごした。

朝起きると、美世が庭に出ているような気がした。美世が植えて残していたクロッカスが咲き出し、チューリップが茎を伸ばし始めている。出ていたのは千紗だった。去年の枯れ草を集めて片付けている。美世と同じだ。一昨年は美世がこんなふうにしていたのだなと、また思う。

「あら、お父さん、もう起きたの？　ちょっと枯れ草を片付けていくわね。お母さんの好きだった沈丁花が、少し芽吹き始めている。朝ごはんそろえてあるから、恵一さんと一緒に食べてね。今日は午後から恵一さんがお仕事があるというので、十時ごろには帰るわよ。今、恵一さんを起こすから、一緒にご飯を食べてね」

「うん、そうか」

と答えながら思った。千紗のすることが、なんと美世とよく似ていることか。

二人が帰っていくと一人の暮らしは静かになる。今日は日曜だが出校して教頭から預かった教務日誌を見ようと思う。部活動の生徒達もいるはずだ。静かになると一人の寂しさをしみじみと感じる。寂しさは深い。仕事があることがありがたい。

ご飯を食べてお茶を一服すると、恵一は「じゃまた来ます」と挨拶をし、玄関前に停めてある彼らの小さい車に乗って、千紗に声をかけている。千紗もまたそそくさと食後の片付けをすると、

「じゃね。お父さん。お昼もちゃんと食べてね。家政婦さんにはいろいろメモしておいたけれど、よろしく言ってね。服は合服を出しておいたからよく見て着てよ」

「お前もちゃんと身体を大事にしなさい。いくら安定期だと言っても、大事にしていてくれよ」

と、美世がいたらきっとこう言っただろうと思いながら声をかけた。

千紗は、「大丈夫。私はご両親のおかげで大変健康ですから……」などと言いながら、美世の小さな仏壇に手を合わせて、ち~んと鈴を鳴らして笑った。

彼らの車を見送りに玄関先に出ると、千紗はもう助手席に座って、窓から手を振った。その手首にあの時計の金色の鎖が揺れて見えた。

著者プロフィール

佐藤 幸（さとう こう）

1933年（昭和８年）秋田県生まれ。

大学理学部卒業。

地方小同人誌に、小説・エッセイなどを書く。

2004年（平成16年）『揺曳』、2021年（令和３年）『埋み火』、2023年（令和５年）『大将樅』、2024年（令和６年）『透き漆　一人静』（ともに文芸社）を上梓。

「長風短歌会」に所属して50年。佐藤ヨリ子として歌集６冊を上梓。

秋の序章　残照

2024年７月15日　初版第１刷発行

著　者　佐藤 幸
発行者　瓜谷 綱延
発行所　株式会社文芸社
〒160-0022 東京都新宿区新宿1－10－1
電話 03-5369-3060（代表）
03-5369-2299（販売）

印刷所　図書印刷株式会社

ISBN978-4-286-24809-7　JASRAC 出 2401198－401